繭の家

北原千代

思潮社

繭の家　北原千代

思潮社

目次

i

写真＝新井豊美
装幀＝思潮社装幀室

繭の家

鍵穴

破壊をもたらすかもしれない　しろがねのキイを
くらいところにあてがう

さしこむと　奥のほうで　やわらかに
くずおれるものがあった

お入りなさい

声は言った

無調音楽の階段を
ころがりおちていくのは
棄てたキイ　それとも
眠りにおちていくわたし

孔雀のえりあしに　うでをからませる
なつかしく　はじめての匂いを嗅ぎながら
あおむけに　咲いてしまうかもしれないとおもう

ほんとうに鳥がすきな猟師

鉄砲を　むねの羽の
ちゅうしんに　構え
なんて綺麗なんだ
ああ　それに　なんて好い　におい

雑木林を　いくつもの昼と夜が走り
羊歯が枯れ

グミの実が　朽ちおち
あの鳥が　枝で
けがれた泥を　かきまぜていても
あこがれのように　構えている

いつほどか
眼がふかくなり

猟師であることをやめ

雪原に　血潮あかく　うずもれる銃身
はばたいておいき
みずからを撃って　鳥をまもった

天の梯子

鎖をさすりながら　じいさまは　つるべに
くらいところからの使者を　汲んでいた
井戸小屋のじいさまは　三たび倒れたあとで
からだのはんぶんはくろかった

近づいてはならぬ

いのちのくるところを　そまつに思うてはならぬ
おまえは　たからなのだから

奥底にゆらめいている　くろぐろした円形の水を
幼いわたしのひとみは映しとっていた
だれも知らない　かくれたところで

じいさまは　鎖の匂いする腕で
土蔵へひきずり入れた
鉄錠が　おそろしい音で光をとじたとき
ごめんなさい
ぎんぎら　もう見ません
叫び声のやくそく　じいさまは
夏の庭で

はんぶんくろくなってしまった　からだを
ふたつ折りにかなしんだだろう
おとなになって
おまえはくりかえす
かくれたところで

くらやみの水はあまく澄んでいたから
円筒形の洞窟を　わたしは堕ちていった
むじゃきなふりをし　清潔そうな靴をはいて

蔦はりめぐる洞窟の　穴を
黒の使者たちが　つるべに乗って往来する
ひとさしゆびのかなた　硬貨ほどに開いている
天

よじのぼろうとする爪を　はねかえす　ぬめり苔
おおいかぶさる　蔓茎のかなたから
降りてくる光よ

卵

らっぱを鳴らして行商人が
甘からい鯉の卵を売りにきた

仰臥したまま父の遅い昼ごはん
千尾の鯉はひれを振りながら食道を下っていった

夕餉には太い卵を食したい

寝屋の父は言った
たくさん卵をたべて命を肥やすのだ

弾丸《たま》は込めたか　父は訊いた
わたしは熊とイノシシを撃つことができる
牡鹿も鳩もキジも
教えたのはあなたではないか

奥山で飛ぶ獲物を撃ち落とし
殻のこわい卵を背籠に持ち帰った

このごろのわたしは
いっそう深いところをゆるされている
ずんと悪いことをしてから

森に通う道みちに
もうひとりの父が現れるようになった
硝煙のにおい
ひかり苔湿る洞窟のうしろ
ギンリョウソウの白花のうしろから
わたしの中心を見ている

厨は乳いろに蒸れてきた
湯気が髪を重くする
ふたりの父が夕餉を待っているのだ
巨鳥の卵を割る
両腕と腰をゆるめ
わたしの卵をいくつも叩き割る

家鴨が騒がしい
濃い黄身の眼が　もりあがっている

十五夜講

焔をかこんで　村びとたちは
ひとつの壺から回し呑み
くちびるの端からしたたる　しろいものを
てのひらでぬぐいながら　順に理《ことわり》をやめていった

月夜だからと講を結ぶ村びとは　十人ほどであろうか
盆のうえの見せものは　薄眼を開けていた

長老は盆を運んできたうつくしい娘の腿をなでた
イナゴと野蜜に養われた牡鹿の
ぬれた半眼をだれも閉じられず
手から手へ盆は　傾きながら渡されていく

血の滲むもので腹を満たし
しぜんにひた寄せる睡気に誘われ
土間に伏す者もいる

請われるままわたしは炉端で竪琴をつまびき
ひとふさの髪を焦がした
どうぶつの匂いがするのを　罪ふかいとたしなめられ
わたしは空腹をおぼえて　なきながら

苦く炙った鹿肉を食した
――だれを畏れておるのか
　こんな山奥までは訪ねて来なさるまい――
長老はにじり寄って　壺のものをすすめた
村びとのそしらぬふりの眼が　にぶく光っている

腔を刺す饐《す》えた匂い
くちびるがふるえだす
戸袋のむこう　なにかしきりに吼えたけり
あわいがゆらぐ

むかしここに鳥飼いが

坂のうねりに沿って、家がへばりついている。

ひときわ暗く湿気った苔道のどんづまりに、鳥飼いの夫婦が暮らしていた。竹藪のなかに粗末な掘立てと鳥小屋が埋もれているというふうで、真夏の昼の陽も届かない。夕刻になると、ぬかるんだ坂に、ようやく目を覚ました苔がふくらみ、ほろほろ鳥や、ウコッケイやにわとりや家鴨が、森のなかまと呼応するように、苔をふるわせて啼いた。

鳥飼いの家にも電球は灯ったが、夕餉のにおいも、風呂の薪のはじける音も微かで、夫婦には子もなかった。ふたりともみじかい背丈で、歯がなく、わらうと口の内が暗かった。

村の子が病気になると、鳥飼いのおかみさんは前掛けにウコッケイの卵をふたつ包んで、病人の家の軒先に置いていった。卵が食べたいばかりに、仮病をつかう子もいた。鉄くさい黄身が喉をとおるとつぎの日、雛が孵る。産毛がこそばゆくて、おなかをおさえる。


雪解け水が坂道をながれるころ、鳥飼いの夫婦は姿が見えなくなった。夜のあいだに連れ去られたと、村びとは噂した。いくつもの冬が巡って家は朽ち、トタン屋根が折りかさなって、竹藪に倒れた。鳥小屋のトタンは、縁に羽をこびりつかせたまま山型に波うち、大風の日に騒ぐ。

ちいさなものが光りながら、苔の坂を往来している。かれらは、うずたかく積もった笹の葉のすきまを、飛ぶように歩く。樹木のエッセンスと、ほんの少し、笹の雫の蒸留酒をすするだけで、体を清く保っているのだ。

ひとむらの孟宗竹が雪折れしてから、隠されていた里の苔道に、光の足が届くようになった。土手には、バタの香りがするちいさな黄金色のキノコがきらめいて、歌のように群生している。誘われて近づくと、幽かに羽のふるえる音がする。

シュネ

勝手口の扉を開けたら、小さな光るいきものが、隙間から滑りこんできた。透き通った蝶の羽を両肩に持って、美しい少女の顔をしている。かぼそい胴体と手足をゆるく弾ませ、わたしのてのひらに乗った。シュネ。

——林檎をください——シュネは言った。籠のなかの赤いのを八つに切り、それをまた半分に切った。シュネは眼をこすった。

——やわらかくしてね——

バタと砂糖があぶくを出し、林檎が崩れていく。肉桂の粉も振りましょう。湯気が立っているひと切れの、端っこを口に含ませると、おいしそうにのどをならした。――ごちそうさま――椅子を伝って床に下り、勝手口から雪道をかすめるように飛び去った。

通りに村びとの声がする。いよいよ、黄色くなった人が坂を下ろされる。林の奥の療養所から、胸のうえに両手を組んで煙突のある町へ。雪が焦げる音。二連橇が柩を乗せ、懸崖に向けまっしぐらに滑降していく。御者はくろいものを被っているが、その肩先に光っているのは、わたしのシュネ。

村びとはなにも見なかったとでもいうように、ぶあつい肩をすぼませ雪の坂道をかえっていく。ひみつを持ったび村びとの背中はふくらみ、肥えた林檎のにおいもするのだ。

零下だろうか、おもてはなにか痛みのように明るく、そこここに光の破片が飛んでいる。

葦の川を

舟がゆきます
土地の男が丸太をくりぬいてつくった小舟
まんなかに
二体の人形が並んで横たわっています

舳先で葦の島をよけながら
舟はゆきます

すこし胸のふくらみかけた
ビスクドール*の少女は
足首と手首をまばらに外し
胸のうえに置いたまま
人形の眠りをねむっています

かたわらで
ガラスの眼をしたウサギが
少女を守っています
耳を堅く立てて

朝の川を　舟はゆきます
葦の島のみぎわに光があつまっています

朝の星が　そふふふふ
シラサギがとびたちます

朝ごとに土地の女は
ひとり川辺にきて
壊れものを浮かべ流します

容れものにそぐわないものはみな
じぶんで壊します　夜明け前に

舟はゆきます
ひろいひろい湖にむかってゆきます

＊磁器製のアンティーク人形

入り口はこちら

灼けた煉瓦のうえに
オレンジ果汁をしみこませたような
たっぷりとあたたかい
橙いろの昼さがり
招かれて
朱に色づいたメイプルの坂を
わたしはのぼっていった

籐かごのなかには
贈りもの
わたしの手から生まれたもの
つくりたての焼き菓子と
庭で乾かしたろうそく
はちみつと死者の匂いを
知っている橙の炎

招かれて
籐かごをゆらして
ナンキンハゼのまるい実がこぼれ
降りつもった紅葉の
砕かれて鳴る小径を

わたしのなかのリズムが
しだいに速くなり
盛りあがる父祖の土塚の
陽だまりのたゆたいを越えて
だれに招かれているのだろう
焼き菓子の
甘さと苦さの割れ目に
オレンジリキュールはしみていく

門衛所で手形を差し出す
このとおり
耳赤ウサギを絞めました
けものの血は濃く

籐かごは生あたたかく湿って
身が沈むほど重たい
門衛が夕陽のなかを
泳ぐようなしぐさで
赤銅いろの扉を開けた

薬草園

——よく眠れますから——
薬草園の主人は言った
枯れた箒草と微かな息にもほどける綿毛
星形の花びらのひとつかみ
棒シナモンとワイン……
——いえ　あなたは調合など知らなくてよいのです——

飲みものは熱くひりつき喉元からふくらんでいった
ほんのすこし爪先で蹴りあげるとのぼっていった
わたしはのぼっていった

地上の園丁が縦長にくちびるを開いて見あげている
垂直に飛んでいるわたしのふくらはぎ
罪を刈りそろえようと鳴らす鋏の
金属音が遠ざかっていく

菜の花畑の輪郭があらわれ
ひと筆描きの海岸線は視界の果てまでのびている
臙脂のベレーを斜にかむった人が手を伸べてくれた
親しかったのに名前をわすれている

いいの　ここではだれも名乗らず　ただ感じあうのよ
頬のそばかすを浮きあがらせた
　胸の石ころ　すてなさい
　放せば下に落ちていくわ

触れないで
どうかいまは触れないで　わたしは言った

——よく眠れましたでしょう——
薬草園に朝が降りていた
土の湿に嵌っている　頭と腰とふくらはぎ
わたしは仰向けだった

しろく透ける紡錘形の花や　むらさきの小花が香っている

眠っているうさぎの　産毛の耳のような
生きながら垂れている葉の裏側をはじめて見た

主人はきいろい胞子を薬籠のなかにせっせと摘み取っている
――さらに深い眠りのためです――

教会堂の坂を　盗人や詐欺師や
小鹿を殺した人たちが清潔な服でのぼってくる
わたしはきのうと同じ下着なのを恥じながら
列のいちばんうしろにつく

繭の家

窮屈そうだね　苦しくはないか　とYは訊いた
腕組みをして四方からもの珍しそうに
繭のなかのわたしを透かし見た
きみ　外へ出たいと思ったことはないの？

アイヴォリーの繭糸を巻きつけた鞘型の家である
膝を抱えて長いこと　ずいぶん長いこと座っていた

呼吸は自在だ
移動する太陽と月が月日と時間を教えてくれ
蝶も小鳥も蜂も来て止まる
ネコは繭の家にじゃれつき遊んでいく
雪も雨も雷さえも友だち
真夏の日照りはすこし苦手でとろけそうだけど

Yはおそろしく背が高く
着古したネイビーブルーのズボンをゆるやかに穿いていた
船乗りだと言った
てっぺんから繭を持ちあげると腕に抱えて
航海に連れていってくれた
海というものは四六時中うねっているのだった

船が海のいちばん深いところにさしかかったとき
甲板から繭ごと放り出した
わたしは泳ぎを知らなかったが
繭に納まったまま岸辺に打ちあげられた

旅はどうだったかな　とYは訊いた
カモメが水平に飛んでいた　とわたしは言った
Yは憔悴しまるでみずから海に飛び込んだ人のように
頬や胸や腹や太腿に深い傷を負っていた
きみを危うくさせきみを救う　ぼくの愛のありようだ

からみついた羽毛や海藻を指で取り除いてくれたので
すずやかな風が吹き抜けた
繭の家がきみなのか　きみが繭の家なのか

あの日からYに会っていない
繭が湿ってきた
雪が近いのだろう

望月まで

波を抱いてわたしは　いちにちじゅう宥めていた
帰らないというのである

波はときおり　脇腹にしわを寄せ
わたしの腕のなかで　位相をかえた
じぶんのなかの自然をたしかめるように

岸辺の嘆きの石に触れたので　波は高ぶった
瑠璃いろの激情をぶつけ　わたしを逆さまにした

後ろからわたしはひらかれた
砕けませんか
まだ砕けはしませんか
あぶくが背をかけのぼる

わたしの窪んだ背のなかで　波もまた呻いている
何に苛まれているというのだろう
来た道を覚えているが　帰るところはないという

背中で波をあやす
ねむるように醒め　地軸に添っていると

くるしみはどこにもない
後ろ手に縛られ見仰ぐ　逆さ弓の月
あれはしろい水を湛え
中天になんと高くあることか

わたしは眉をゆるめ
月の浜の入江になる
骨の鳴る音がし
砂はなだれて光っている

跳ぶ肉体《ガルーダ》

（菜っ葉をきざみながら）
南の島で
ガルーダが　翼をおおきく振って合図を出しているのを
聞いてしまった
（わたしは包丁をなげすてた）

——ここにおいで　今まさに夕陽が落ちます——

ああ　ガルーダ
背中に生えた　いちばんきれいな羽を抜きとり
愛の手紙を書く
王なる鳥ガルーダは　タウタウ像のうえあたりを
旋回しているのらしい
沼を渡って帰る水牛の群れを見おろしながら

――くろい背が光りながらゆれている
　働きおえた　かれらのまなこは重たく濁る――

ああ　ガルーダ
あなたは高みから俯瞰するだけの王ではない
垂れさがるまなこ

見えるのですね
背中の羽をぜんぶむしりとられるくらい
はばたいて　はばたいて
ようやく梁から大屋根のうえへ突き抜けたら

きれいな天使たちが夕景をかたづけはじめていた

（わたしは台所にころげ落ちた）
湯気とおなじ顔をして
浮かんでいたこころのなかに
肉体を格納します

さあ　青菜を茹でましょう
（無垢の天使もひとり）

ひと匙の

ミルク色の朝はエルムの森へ行きます

遠近法を知らない画家が描いたような
いりくんだ森のなかへ
切り株に足を取られながら

ひときわ霧が濃く

溜まっているあたり
クリニックの緑屋根が見えます
一本の老エルムが
緑屋根に頭をあずけています
漆喰壁に寝そべっているのは
おとといの雨

仕切られた小部屋の窓から
たましいと身体を休ませている
静かなひとが
現れ出てまた潜みます
ふいに窓をあけ
温かいミルクを流すひともいます

唇が乾いてつめたい
どうか含むものを
ひと匙ください

アップダウンする回転木馬が迎えにきます
銀いろのつめたい支柱に身をゆだね
青い馬に乗って
建物の深いところへ入っていきます

鳩の血

ちいさないもうとが眠っていました
ぷっくりした腕と足をひろげ
顔だけ夾竹桃の庭を向いて

昼寝起きに
母がつくってくれたお菓子の首飾り
環っかはやわらかいナッツヌガー

わたしがちぎってかわるがわる
いもうとの口に
そうしてわたしの口に
苺のルビーがひとつだけ転がって
お皿のうえにかがやいていました

お姫さまになれるのはたったひとりなのよ
うなずくより早くつっと伸びた
いもうとの手
ルビーをにぎりしめました

庭の茂みへまっさかさまに墜ちてゆく鳩
まるい膝にこぼれる血

鳩をあやめた朱儒の狩人
にぎりこぶしに
獲ものを高くかざし
ぬめぬめ赤いものを口にふくみました
小首をかしげ
てのひらをなめずりました

いもうとがお姫さまになるのをゆるしました
あのころほんとうにちいさないもうとでした

舌

夜がはやく走る　バスは停まっているのでは
ないか　毛糸の帽子をかむった背のぶあつい
女が　運転手の背中をつっついている
指で窓をぬぐう　雪ひらが夜を埋め　夜はだ
んだん重くなる　タイヤチェーンが雪を噛
み　バスはようやく動き出した

にじんだ信号を左折するともう　人家は見えない　小屋根のある停留所で女が降りる　川のほとりで高校生が降りる

　ドア閉めますよ

雪にせきとめられた水音が　暗闇のなかで光っている

　閉めてもええかね

エンジン音が切り替わる　急坂に差しかかったようだ

足首から膝へ腿から腰へ背から頭へ　関節を
なくしこんなにも一匹のように滑らかにゆれ
るのは　ひるま青蛇と舌をからめあったせい
だろう　美しい嘘はね　光るのですよ　青蛇
は舌を鉤状に曲げたり　刀のようにまっすぐ
にしてみせた

ゆくのか　ほんとうにゆくのか

雪の下には父祖の塚があり　象牙いろのもの
が埋まっている　砕かれているのは喉のあた
りだろうか　ゆくのか　ゆくのか　付け根を
起こすようにうねりながら登坂する

めざめ

奥へ　奥へめくっていくと　孔雀谷でした
谷のこちらは　くらく　むこうは　まばゆい
さかいめを小川が　かなたの光を溜めて流れ
ていました
雲母
ラピスラズリ

縞めのう
水音が透けて見えました
繭をたくしあげ　太腿まで水につかりました
じんと痺れる　つめたさ
もういちまい剝ぐと　はこばれてしまう

ナツメの木がざわめき　岩陰から一羽の孔雀
が現れました　古式の運動でリズミカルに近
づき　力みなぎらせ羽をひろげました
おおしい羽に　百の眼が耀いて　湿気った胴
に触れると　みぶるいし　夜の潮のにおいを
ふり撒きました
脈打つその首につかまれば　ひといきに

けれども　みぎわに水垢を溜めた　葦の島の
刺す虫や　吸血する卑しいものに縁をけずら
れながら動いていく　葦の島の　蛇行する川
のほとり　じっとり苔むした山里へ
明けがた　わたしは　じぶんの繭をひきずっ
て逃げかえりました
くらい森のなか　点々とめじるしのように
ぬれて光っていた　あれは　孔雀王の眼でし
たろうか

宴のあと

池端の紅梅がほろこび、とうの昔に身罷ったじいさまばあさま、ふるい村びとたちもおおぜい愛でにやってきた。輪郭をにじませ、紅梅はぼんぼりのように灯っている。

機織りのひいばあさまは、顎のひだをゆらし、おう、おう、両腕をあげて紅梅をみあげた。ふりむき、みなを手招きしてはよろこび、姿はふくよかな白蛇だった。その息子の着流しのじいさまは、じぶんがことされた隠居所のぬれ縁にしんみょうに腰かけ、姿は蛇だった。
山守りはナタを腰に差し、頬骨の尖った蛇だった。牛飼う人ら、石臼で豆挽く人ら、みな朗らかな梅見の客だった。野良の婦人らのはれぼたの眼が、点々と、きょうは祭りのようにあかるい。ひと絡げに尻尾の先を結わえられながら、てんでに首をもたげ、華のように伸びあがり縁側を飾っている。

わたしはもう嬉しくて爪先立ち、若鶏を絞め、御酒を燗し、鯉を捌き、小麦粉を練って太いうどんをふるまう。まろうどたちの白い皮膚のうねりの光沢が、庭苔をはれやかに蔽い、ぬれ縁から石灯籠から、池のなかまで、眼と舌があかるい。踊ろまいか、じいさまはわたしの手に巻きついた。

みな背骨がとろけるほどに飲んでは歌い、踊った。

宴のあと、日の下で池端は乾《ひ》われた杉苔のむしろだった。
ねむっている泥池、土壁の剝げおちた隠居所だった。

——この家の女は酒に酔い、
　踊り狂うて蛇《サタン》をもてなした——
いくたりかの村びとは、指さし咎め、身をくねらせながら
草むらに隠れた。
酒のにおいのするカワラケを拾いあつめていると、白髪の
父が這いでてきた。まろうどがみなふくよかで諍いもせず
しあわせであったのを、眼をとろけさせ父はよろこんだ。
背骨がもろいので、そろりと寝床に運ばねばならない。
池端でわたしは、泥を捏ねつづける。ひいばあさまの腰つ

きをまね、身をよじりながら。生きものめいた甘酸い紅梅のかおりが、背を撫でていく。

植樹記

指定されたのは檜山の堅い斜面だった
ひとしきり耕してから泉におりてゆき　甕に水を汲む　両手で掬っては土塊に注ぎ続けると　ひと抱えほどの丸い窪みに　月光が落ちて溜まった
樹は斜面に横たわっていた　尖端をもつ葉は　石灰色に乾き　内側にきつく巻きついている　砂を纏った根を持ちあ

げると　無数のしろい蟲がこぼれる　指を開き根元に差し
入れ　こそげ落とす

窪みは一・八メートルの背丈を抱きあぐね　樹の姿勢が定
まらない　幹をわしづかみ　左右に捻じ込んでいく　地底
にこすりつけられながら　樹は砂国の声をふりしぼった
帰してくれ　どうか　お願いだ

草むらを素早くよぎる小動物　しぃんと大木の枝に留まる
野鳥の　闇に鋭い穴を開けて明滅する眼とくちばし

夜明け近く　樹は突然わたしを突き放し　まっすぐな意志
をたぎらせた　張りつめた枝がびしと震え　葉は血を脈動
させ　生きる角度でのびあがった　見ると樹の幹は　巨大

な手のかたちの　光の膜に支えられている
ふたたび泉におり　両腕を水に浸す　夜の森を見張ってい
た小動物たちの眼とくちばしが　葉陰にうすあおく埋もれ
ている

森を歩く　さりさり　指は石灰色に乾いてくる　爪先から
押しよせる　砂の眠り
砂に埋もれ横たわっていると　国境のむこうから　指令を
帯びた靴音が近づき　わたしの傍らに停まった
訴えは　蟲を払う手つきで　なんどもかれらに追い払われ
る　音節の乾いた　未知の言語　聞いたことのない単位で
わたしの背丈が測られている

果樹園のまひるま

かぐわしいオリーヴの
あぶらが喉をとおって
わたしを緑の木にしていった

うでをひろげ枝を張り
繁る葉のかさなりに　熟した実をゆらして
きんいろの陽をあびていた

手斧をさげた檜山の祖父が
果樹園にあらわれ
わたしのにおいを嗅いで
梢を撫でた

オリーヴの木になったこと
謝りたくてしかたがなかった
戦いでうけた　ひたいの銃創を陽に
かがやかせながら祖父は
わたしの幹の秘密を　りりりと撫でた

おお　ここにいたのか　いっしょけんめいな迷い子よ

ひじの下から
足はそのまま園にあるよう
祖父はやさしくわたしに手斧を揮い
異国風に刈りそろえた

紡錘形の実は　きんいろに降った
いくつも
いくつも降り散った
檜山の罪のおんなのように　髪はみじかく断たれた

ごめんなさいは　檜山の言葉でなんというのだったろう
りりりりりり　たえまなく樹液が流れるのを
てのひらでぬぐってくれた
白い糸杉のような足取りで　祖父はあちらへ行く

ひたいの亀裂がふかく　血潮のあとが透けて見える
いくすじも光が降り
ゆれている果樹園の脇の小径を

近づいてくるのが見える別離

朝霧の泉で水を汲み
甕を両腕にかかえて　畔の小屋へ戻った
白埴の容れものに
水はふくらみながら輝き落ちた

うれしさのなかに
ひびわれがあり

おだやかな歌の途中に
黒い針の予感がよぎる

こらえきれず
はんぶんの水を土に返した

地に鋲を打つ音が近づいてくる

慄れ　目を瞠った
甕をかかえたまま

霧のなかから
やがて会い　そして別れるひとの
顔のない帽子が現れた

鎖骨

ひとさし指で鎖骨を　さすりあげる

わたしの骨は　みずうみの
縁のように湾曲している

たったひとつのかたち
どこにいても

手さぐりで見つけだすと　あなたは言った

名が呼ばれる
わたしも名を呼ぶ
さらに北へ

尖ったきびすのうえに
水や血やいっさいの
温いものを乗せ
すこしゆれながら

みちみちている水の
ひとしずくもこぼすまい
聖い宮であれと　つくられたとおり

どうか触れてください
岸辺から　湖心へと

名が呼ばれる
わたしも名を呼ぶ
人体の宮の
いりぐちにある一対の扉が
やわらかく開いてくる

繭について

目を凝らしていると次第に闇に慣れ、おぼろげな輪郭が浮かんできます。真っ暗とおもわれるなかにも、光が及んでいるのはふしぎです。

光と闇がないまぜに織られている地上で、息にふくらむ繭のようなそれぞれたったひとつきりのユニークな身体を持ち、声と言葉を持ち、たった一度だけ地上に住まうことをゆるされたことを思うと、今ここにあるのは奇跡のようです。

この詩集が生まれるためお支え下さいましたみなさまに、深く感謝いたします。

二〇一一年夏

北原千代

繭《まゆ》の家《いえ》

著者
北原《きたはら》千代《ちよ》
発行者
小田久郎
発行所
株式会社思潮社
〒一六二—〇八四二 東京都新宿区市谷砂土原町三—十五
電話〇三（三二六七）八一五三（営業）・八一四一（編集）
ＦＡＸ〇三（三二六七）八一四二
印刷
創栄図書印刷株式会社
製本
誠製本株式会社
発行日
二〇一一年九月三十日